爱的礼物　*A Gift of Love*

文爱艺爱情诗集

文爱艺 ※ 著

Wen Aiyi's Collection of Love Poems

中国华侨出版社
·北京·

出版说明

Publication Note

本书是深受读者喜爱，享誉中外的当代著名学者、作家、翻译家、诗人，文爱艺先生的爱情诗集最新修订版。

文爱艺的诗集深受广大读者的喜爱，再版不断，数次获国内外各种大奖。

本书出版以来，连获 2016 年、2017 年“中国最美图书”奖，再获 2017 年中国台湾金点设计大奖、2018 年中国香港 HKDA 环球设计大奖 GDA 银奖、2018 年美国 NY TDC 64 TDC Communication Design Winners 大奖、2019 年环球设计大奖视觉传达类金奖等多项大奖；被誉为“爱情圣经”，是情侣、友人互相馈赠收藏的理想之物。

这部充满柔情、浪漫的爱情诗集，是从诗人已出版的 70 多部诗集中精选而成，共收录了深受读者喜爱的爱情诗 52 首。

本次再版，诗人做了必要的删改，使作品更加完美。

文爱艺的诗以其真诚、热情、睿智的气息深深打动着读者，畅销 30 余年。

在文爱艺的作品中，仅诗集的正版发行量累计已逾 1000 万册，使他成为当代新诗复兴的开拓者。

他的诗被誉为“用诗建造的可以对话的青春偶像”“是精神家园中与人共同呼吸的草坪”；既吸收了传统表达方式，又融会了现代表现技巧，是传统与现代的优秀结合；音韵优美，充满了诗人对生活的热爱。

他的爱情诗更是别具一格：清新自然、优美细腻，真挚纯朴、绚丽多姿，格调高雅、精致隽永，一如温柔清丽的月光，充满梦幻般的恬静。

在这部诗集中，诗人向我们倾诉了他的热情、梦想、愤怒、忧郁、柔情、痛苦、欢乐、希望、哀伤……

从中您可获得诗人火热的心与真诚的力量。

目录

Contents

序

Preface

文爱艺的诗集，受到读者的欢迎，持续畅销30多年，不能不说是一个奇迹。

诗歌经过一段时间的大红大紫后，不知怎么忽然被读者冷落了。许多报刊不愿发表诗；许多出版社不愿出版诗集；许多原来爱诗的人不愿再读诗；曾经红极一时的诗人，有的迫于无奈改换行当，转身写小说、散文、电视剧本去了……

就在这个转变时期，诗坛冒出了一匹“黑马”，他的诗集出了一本又一本，现在累计已有70多部。

商界流行一句行话，叫作“没有疲软的市场，只有疲软的企业；没有疲软的消费，只有疲软的商品”，这话同样适用于文学创作和文字工作者。

20世纪80年代前，开店、办厂只愁产，不愁销。那时，生产力水平低，物资少，好多物品需要排队买、凭票购。同样，文学刊物也只有可怜的三五十家，几亿读者都读这么几十种刊物。如果谁的一篇小说发表在什么刊物上并获了什么奖，他便会一举成名天下知。

谁会想到，短短几十年时间，情况就完全发生了变化。过去的卖方市场一下子变成了买方市场，全国的工厂、商场像雨后春笋般，每天都会冒出一大批；文学刊物也由原来的几十种发展到几千种。人们买物质产品要看品牌，要挑三拣四；买精神产品同样要看品牌，要挑三拣四。这样就把一个严峻的问题摆在了出版者和创作者的面前，是让市场适应你，还是你来适应市场。凡是固守前者的，都被市场经济大潮无情地淘汰了，而明智地选择后者的，则生存下来、发展起来。

文爱艺步入诗坛，正是计划经济向市场经济过渡的时候。初出茅庐的他，几乎没有什么犹豫，毅然把写作作为终生职业。这使他比较早地适应了市场经济这一大环境。他的 70 余部诗集中，有 40 多部都收录有爱情诗，这正好满足了恋爱者对诗歌的需求。由于“产销”对路，文爱艺诗歌创作步入良性循环的轨道。他的诗集畅销，出版社也乐意出版。出版社乐意出，他就可以把更多的精力集中在提高作品的艺术质量上……

当然，文学产品毕竟不同于物质产品。文学产品除了具有和物质产品同样的商品属性，还具有物质产品所不具备的精神文化属性。这就要求创作者不仅要遵循市场规律，还得遵循文学规律。文爱艺懂得这个道理，所以他的诗歌创作没有走弯路。

当“朦胧诗”“黑色幽默”“人体诗”等诗风盛行的时候，他没有随波逐流，而是把对生命有益的内容纳入诗的创作中并以此作为自己的基本信念。正是这种追求，终为他的诗歌赢得了市场。

文爱艺诗歌的大众化，不是媚俗、流俗，而是建立在“雅”的基础上，是大雅大俗、雅俗共赏。

从他的爱情诗中，我们可以看到他对古典诗词的研习，对传统民歌的吸收，也可以看到他对外国诗歌和当代民谣的借鉴。

文爱艺的诗，是吸收古今中外诗歌创作的精华而自成一家的。

读文爱艺的爱情诗，就像听通俗的钢琴曲一样，在轻松和愉悦中，得到一种精神美和艺术美的享受。

文爱艺的这部爱情诗集是从他多年创作的 70 多部诗集中精选出来的。收入其中的 52 首爱情诗，不论是写初恋的甜蜜、热恋的激情，还是写相思的缠绵、思归的热切，不管是写相恋的刻骨、相遇的欢乐，还是写别离的寂寞、失恋的痛苦，都是发自肺腑的真情实感，没有无病呻吟，没有矫揉造作。

适应市场，追求艺术，抒发真情，这三者的结合，形成了文爱艺爱情诗创作的特点。

适应市场，使他的诗能够符合读者的需要；追求艺术，使他的诗具有审美价值；抒发真情，使他的诗能够引起读者的心灵共鸣。

文爱艺的诗能够打动那么多读者的心，多年来受到他们的喜爱，原因大致如此。

——凡 夫

前言

Preface

月亮是宁静的火焰
在空中点燃

它焚烧的
是怀念

文爱艺

春

Spring

一

心中充满爱情……

心中充满爱情，满天的星星闪动；
他们传递着爱的声音，在这寂寞的夜空。

不懂他们的语汇，
听见了他们心的跳动。

倒影在水的峡谷，静静地躲藏起来，
他们说着悄悄话。

如果眼睛能发芽，一定会长成参天大树，
去探寻柔和的悄声细语和爱的秘密。

时间的骏马，拍打着喝水的月亮，
遥远的星星召唤着爱的思想。

二

你无意间从我的眼前掠过……

你无意间从我的眼前掠过
我的灵魂被你深深地创伤

岁末的冬雨，在空中飘荡

日子？日子是什么

雪花在尘烟中孕育
融化的声音
是否意味着对岁月的清醒

可以看透四季的风，却看不清自己的面容

多少个丢失，陷入其中

不舍的情绪盛满了大街小巷
高高的塔楼也被深深地掩没

三

雪花……

雪花，夜深人静，来到人世；

它并不知道飘向何处。

然而，它的降临，却使荒芜的丛林，重添幻影。

一声“下雪了”，心底蓦然一阵难言的空虚。

雪花并不知道为什么要飘向这里，却在无意间，构成梦境。

四

假若留意……

假若留意，你会发现，遍地皆是我对你的思念

我的情思，充溢在四季的风中

凝成相思的种子，结穗落尘，随风遍植

无论何时何地，都有着它的根系在蠕动

五

将思念铸成月……

将思念铸成月
高悬空中

月光，月光
月光无所不至

你的眼波也辉映在光亮里
像悄然开放的花朵夐古悠长

柔和在你的脸上
不经意地刻在心里

万种情丝如
万种思念倾泻

倾泻，倾泻
倾泻在空中

于是夜空都充满了梦，成为美丽的睡城
在银河的臂弯里起伏

六

繁
星
烁
烁
……

繁星烁烁，汉水融入你的眼波

爱情不能说，思念是一种甜蜜的折磨

拂不去的恋影，如午夜星河

未圆之月，放映寂寞

七

夕阳灭了……

夕阳灭了，星星开始吟咏寂寞的声音。

在河畔宁静的水底，月光伸出求爱的手臂。

远处传来阵阵叶的细语。

那不是松林里的幽香，是月光轻柔的呼吸。

追逐着月光痴情的身影。

夜的时光流逝在我的心底。

西边的天空渐渐苍白，像岁月的老人。

月光的手臂渐渐逼近，似重逢的恋人。

风在呼唤，光在呼吸，宇宙笼罩在神秘的大气里。

那是爱的隐情，生命的秘密。

在这黄昏的微风里，落日在聆听，我也在聆听，

我听见了无数的悄声细语，那是生命的秘密。

八

像呼唤你的名字……

像呼唤你的名字
风一阵阵吹
如雨后的春潮
盛满旷野

只有大地无言
在无边的静默中
俯视夕阳
使树生长成怀念

九

相思……

相思是难言的忧伤
行去总无因由

无因由进入心房
把心底任意窥视

无边的云
无边的雨，都浸透相思

在田野
在山岗

在无边的
无边的空中

十

黄昏走进雾迷的森林……

黄昏走进雾迷的森林
就像你走进我的心

欲落未落的夕阳
似你含烟笼雾的眼睛

爱情是一个谜，一个谜底常换的谜
看似美丽，涉足易入陷阱

我羡慕夜的眼睛
能拥有所有的谜底

在每一个迷醉的时刻，
无须困惑于瞬间即逝的幻影

我对你怀有深情
其实你不懂我的心

被爱情俘获的眼睛
总缺乏世俗的精明

十一

把心融入风……

把心融入风
无处不在
温润你

我消散
我的灵魂
依然佑护你

十二

无语悄然的早晨……

无语悄然的早晨，是多情的早晨
你还没有醒来，她已在你的窗前低回

早晨的心事，同你的心事，最好深埋

早晨越过无数个夜的栏杆
因此它的身影格外开怀

如果你想许愿，此刻最灵验

夜是爱的花园
情在无言中结果

如果有风，甜蜜才不易错过

十三

你的影子化为涛声……

你的影子化为涛声在我的青春里起伏

火热的召唤在无形的波浪汹涌中呈现

你我如花灿烂，灵动的蝶影彩翼浮现

所有的企盼都涌动在这变幻的季节里

当鬓发如银，寒冷飘雪一样忽然而至

沉寂的老街深巷是否还能响起这涌动

美丽的，美丽的梦

会成为美丽的忧伤

夏

Summer

一

我的灵魂是火焰……

我的灵魂是火焰
皆因你的点燃
你从遥远的梦中走来
从此再也不能离开

你在我的灵魂中
铸成赤诚的钟
我的身心里时刻都会
有你的声音在跳动

二

我要狂热地把你追求……

我要狂热地把你追求
就像时间的翅膀不会停留

让世上的一切都为你祝福吧
你的名字将与我的诗句一同不朽

愿我的歌声掀起你心中的波澜
就像这个季节里天然地盛开的美丽

为了甜蜜能在你的心里闪现
我愿承受人世间的所有苦难

为留下你的温柔，我守望在时间的门口
我的思念就是决堤的、不止的滚滚洪流

我的心是一只小小的船
停留在你的海岸

晚风吹动你的头发
那是我的思念在扬帆

三

大地宽广，天空辽阔……

大地宽广，天空辽阔
日沉月浮一瞬间
我们都在有限中匆忙

疲倦后沉睡
星星也会闭上眼
春去了又来
日子依旧在季节里面

看清了多少事物
哪里没有伤心的泪
何处能躲避烟尘
静静地凝视晚霞的美丽
它瞬间就会了无影踪

走遍了大地的山山水水
日落了，黄昏
日出依旧是早晨
想把牵挂的心抛弃
无数的思念
却似怒云纷纷涌起

四

星星在天上……

星星在天上
画出一条思念的路

从此星空，不再宁静

那纷纷的星语
起自黄昏，又透过黎明

在天上飞，在地上跑

五

六月的晚风里……

六月的晚风里
有你的影子

寂寥的星光
闪烁着思念

叶子唱着歌
给花儿一个秘密

相思是一个不醒的梦
在痴迷的心里

流走的是水
流不走的是思念

黑夜
是一张网

思念
被无星无月的风收藏

六

月
亮

无数个孤独的凝望中
你成为我心空中一轮寂静的明亮

千年不灭，万年不灭
你造就了无数个美丽的幻想

春江花月夜的潇湘，秋窗风雨夕的淅沥
都无法消磨你无尽的清波

一片孤独中
你发出一声悦耳的美丽，明镜如湖，清新如雨

七

爱情是一种欢乐……

爱情是一种欢乐

当灵魂悄然而至，你的心是否也同我一样跳动

其实所有的悲欢，最终都将归为一种回味

如同太阳西至，那降临的满满新月

怀着对你的思念入梦

情敌夺不去，死亡夺不去，你也夺不去

其实爱情，终归是缘

无法逃避，无法绳锁

八

听到你的声音……

听到你的声音，仿佛痛苦已经成为回忆

离去，留下的是百感交集

痛苦中，做着香甜的梦

明月代表不了我的思念，孤独本来就没有言语

看一看灰蒙蒙的天，今晚会不会又下起伤害你的雨

听到你的声音，像听到遥远的回忆

想一想梦境，痛苦真的会成为过去

喧嚣的城市，挤满了污浊的空气

成群结队的人们，在欺骗中把纯洁枪毙

我听见了岁月的哀叹，它改变了人们的容颜

能否长出绿色的手臂，为你开辟无瑕的美丽

听到你的声音，似乎痛苦已经痊愈

九

似乎是等待……

似乎是等待
重逢时的幽香
在心中荡漾

我感受到了你的美丽
在我的心中成长
像永不停息的海浪

我听到了生命的召唤
仿佛你就在我的眼前

为了一个祝愿
我在思念的海边
把思念一一融入大海

为了这个祝愿
我又把思念的海
一一地还原

十

是什么让我在你的梦中沉醉……

是什么让我在你的梦中沉醉不醒
又是什么让你久久遗留在我心里

　　仿佛是聆听召唤
　　我在思念你的这一边把你想起

又似乎是犹豫
你在易忘的那一边深藏着你的机密

　　能看见你美丽的身影，能听见你美丽的话语
　　你心中的秘密却怎么也无法破译

怎么才能把你忘记
你是否听见夜的声音

贴紧我的胸窝，亲爱的手似温柔的小羊；
在这个世界憩息一会儿，你的甜睡是个谜。

我想每天刻一个微笑，在世人的脸上，
然后走进他们的心里，像燃烧的火苗。

一排排皱纹未开的脸，
闻着一束微弱的光线，把幸福梦想。

如果阳光无法穿透过来，
希望微笑能把他们照亮。

轻轻地触摸你的感觉
不让你的灵魂知道

在这美好的地方，让时间留下光影
让幻想穿过时空的树栏

轻轻地恣意触摸
让灵魂在触摸中颤动

你是我的浪漫
你是我的幻想

在一个疯狂的时代
我拥吻你

在一个连灵魂都沸腾的时代
我追求浪漫

十三

夏夜闪着流萤……

夏夜闪着流萤，寂静的日子啊，什么样的爱情，这样来临？

安详的痛苦，从夜里游来，把我擦亮，我紧紧地拥抱着你。

我的心森林般成长，成长为浪漫的大树，有柔水的雾和紫薇的清香。

在什么地方？

在什么地方？

我吻过谁的唇？

挽着谁的臂膀睡到天亮？

何处是你的雾？

你的风？

你的紫色的天空？

秋

Autumn

一

成都的雾蒙蒙的天气……

成都的雾蒙蒙的天气
伸手就可抚摸住你的温柔

你的美渗透在岁月中
仿佛看不透的河流

变了心的朋友，就像寻源走到了尽头
疲惫的心，怎么也无法抓住

就像是没有走过的路
我久久地停留在成都

为了看遍你的丰富
我的心也做了停留

为什么我的心里有忧愁
因为我无法把你带走

二

像风吹过孤独的枝干……

像风吹过孤独的枝干
在夏天的最后一个黄昏
暮色降临如雨

遥远的群山
像一声召唤
一闪而过

我怀念你
像孤灯熄灭的夜晚
闪亮的心

落完叶子的枝头
孤零的风
把你的余温吹散

三

秋

经历了春天萌生破土的艰辛
饱尝炎热的扭曲与伤害
也曾有过无望的迷失
但成长的欲望仍破土般坚强

成熟不再张狂
但内心的热情
仍像成长一样

不炫耀萌生的欢畅
也不将喧闹的夏日诋毁
一切经历的风雨，都是成熟必须的过场

不再想危险是考验
坦然地面对一切
就像美酒，勇敢地经过沉重的发酵
才拥有醉人的芳香

四

成都中秋下雨……

成都中秋下雨
路上没有人的影踪
偶尔有辆的士穿过
匆匆地，招手不停

府南河，依旧还是旧时的面目
流不尽的浊水悠悠

像是看不透的月光
我在思念的雨水中忧愁

你的心是否平静
是否偶尔也能把我想起

年年都有中秋
并不是年年都有月
所以思念的心
悬在空中

五

在秋日的晚风里……

在秋日的晚风里，月亮像一位痴迷的情人，

在相约的千万年后，依旧等待着负约的恋人。

星星们不解地闪动着眼睛，寻思着悬挂了千万年的谜。

思念是什么？

夜空为何因它而明亮？

爱情是什么？

黑暗也为之浮现奇观。

为了相聚的欢恋，不知还要悬挂多少年。

生命却因之而美丽。

六

爱在心灵的花丛中开放……

爱在心灵的花丛中开放

如同月亮在无云的天空

时间是一具脸谱

月光也照不透

千年的洛水之波，百年的前缘之盟

都在时间的催促下，匆匆成梦

七

秋天的故事

爱情的霞光在冉冉的波涛中流连，

田野里阵阵悠扬的心曲激然回响，

梦幻带着青春的倩影，在你的心中荡漾。

霞光辉煌，

印在秋叶的金络上，

天穹高远，恰似如梦的遐想。

爱情在青春的小河里畅游，

秋风打着呼哨，送来夜的微凉，

月是一轮碧波，拍打在心上。

八

我从落叶的身旁走过……

我从落叶的身旁走过
耳边有落叶的叹息
一切都已经过

我从星星的下面走过
天空是美丽的脸
有你的微笑在闪烁

雪花从我的眼前飘过
纯洁瞬间
栖落

你从我的心中经过
像流过的一条河
奔腾着无限的广阔

九

名古屋的秋天……

名古屋的秋天
深吻成鲜艳
芳泽入骨

通透的空中
朵朵浪花
风吹透

茫茫人海
在翻滚
邂逅

彼岸花
凋零
红

十

仰望着渐渐消失的红日……

仰望着渐渐消失的红日

它的光明不会因离去而憔悴

消失也不会停留在它的心里

没有人愿意，倾听伤悲

浩瀚的星群啊

没有一滴一滴的光亮

怎能构成荣光

没有人能永久地，在深夜里守望

万物都在循环中

谁能够永久地把自己伪装

没有离去，也就没有看望

十一

春天是从泥泞中……

春天是从泥泞中，走过来的闪光

欣欣然，仿佛痛苦已经遗忘

月光恰似精酿的黄酒，跌跌撞撞地洒了一路

谁是它的醉客，睡乡里是谁的温柔

遗忘了许多，哪一些是不该的遗忘

回答了谁的疑问，又为谁抹去遗恨

谁的枕边，能温柔地说：我们

十二

失去了什么……

失去了什么？失去了什么

月圆之夜，降落的枯叶，夜空里经受着寂寞

星星是调皮女人的眼，在水面上游荡

是什么？是什么在波动着惆怅

苍老的槐树，在汉水堤岸的寂寞处

饱经沧桑

枯叶，雨点一样，落在地上，落在地上

谁是不止的风，谁躲过了生命的摇晃

十三

相思枯萎在秋的荒野……

相思枯萎在秋的荒野

为了寻找被风吹散的种子
在寒冷的孤独中，走遍所有的孤独和寂寞

为了学会遗忘

我把一只脚，放在冰水里
另一只脚，放在沸水中

冬

Winter

一

初
恋

是一首纯而又纯的诗，一种可望不可即的企盼。

流泪的开始，也是流泪的结束。

是微笑，是永不磨灭的记忆。

是信念的终结,也是信念的重启。

带血，带泪。

烙印心底。

二

时间的积雪……

时间的积雪
把你的美丽掩盖
墓穴无法把记忆深埋

回忆是那样的清晰
遗忘像一朵蓝色的小花儿
沿着岁月的沟壑在风中轻轻摇摆

三

我读懂了你的许诺……

我读懂了你的许诺
无奈山重水复
阻隔了你我

那不期而至的飘雪
如层层纷飞的情思
在无边无际的空中
报道你离去的消息

仿佛候鸟
无论怎样挽留
也无法挽留岁月的催促

四

芦丛在堤岸……

芦丛在堤岸
问路的柳枝
也越过荒草
在水中无主

江上柳叶沉浮
挂在柳梢的不是弯月
是甜腻的水草，在风中发霉
像是听倦了岁月的涛声，在古铜镜上打盹

入梦在西厢里
那满满的月光
是凝冻的相思
冰寒而且冷酷

五

爱情，是生长着的风……

爱情，是生长着的风，吹来又飘去；

在狂热的驱使下，它裸露出情感，显示出思想的深沉，

离去，又使它呈现出迷茫。

在它的初始和终结，命运注定了它的孤单，就像是花，盛开，鲜艳，而凋亡。

怜悯不是爱情，它只能使你陷入更为深入的迷失。

爱情，这无名的生存火焰，不是它席卷你，就是你抛弃它，

而最终你依然在它的里面，直至你悄然长眠。

这宿命的生存的奢侈品，成为永恒的诱惑，贯穿整个生存之中。

死去，复生！

惊醒、震颤、沉寂……

六

茶

蜷缩的躯体
停卧在憔悴里
任人把玩的命运
似乎生机成为过去

投入沸腾的水中
立刻就伸展肢体
呈现更新的生趣

恬静幽然的形态
是你涅槃后的清醒
一缕馨香淡淡的悠远
仿佛流逝在花里的记忆

七

星星在无边的天际闪烁……

星星在无边的天际闪烁
一个又一个的梦，在一夜又一夜间消磨

星光在闪亮的背后，隐藏着黑暗
漫漫的人世，有几多能说得清的悲欢

翻遍了他人的故事，自己也将被他人观看
寂静，是喧嚣的结果，所有的指向，终将收场

缓缓地，缓缓地，日子在循环中展开
急切地，急切地，生命从阵痛里来

真理的获得，需付出痛苦的代价
精确的数值取决于你忍受的程度

其实世上根本就没有机密
越是隐藏，就越是张扬

即使不设防，也依旧有记忆存在
蓝色的蓝色的天，绿色的绿色的海

回头看看走过的路
死亡把一切都掩埋

八

月光在沉睡的夜色中流连……

月光在沉睡的夜色中流连
带着相同的注视
在相怜的情怀中失眠

像是对抗孤独
月在夜的罗网里把自己的清辉洒遍

这是一阵无声的交谈
时间诡秘地似乎已经逃避

但是我却不能将自己散开
像它那样把长夜消解

只有凭借形体
在漫漫风烟的彼岸承接它的含义

但是到了行期
我们依然要承受分离

在时间长长的链条上
我们谁不是过路的人
谁又能躲过它的遗弃

九

独坐爱情之外……

独坐爱情之外，丈量不敢涉足的风景。

想千年痴痴怨怨、怨怨痴痴，有几多杨柳岸的晓风残月，不被浸染？

来世的情思，并非今生的前缘，

有几多春悲秋恨的花，把四季一一妆点？

坐禅中，看人间万家灯火，打在窗外；圆也罢，缺也罢，都首尾无边。

爱情，在少年是梦，在少女是幻……

昭示是缘，禅外的是禅内的潇洒，了悟了并非开怀。

想尘世，有几个人的脑袋，逃脱过流言的石块？

昨日的海誓，今日的山盟，常在月黑风高日，丢在宫墙外。

独坐，爱情，只有洒脱的风在外。

十

爱在爱中……

爱在爱中，成为被俘的伤痛

初绽的芬芳，会忘却你的姿容

沉迷，阻隔你的手

触碰，朦胧瞬间，失去影踪

十一

饱经风霜的脸……

饱经风霜的脸，写满沧桑
时光在奔流中，掀起波澜

平静是平静的心愿
辉煌是辉煌的绚烂

只有这样的日子才会
成为纪念

也许，也许有那么一天
所有的欢颜都将变为冷漠

不去丈量峭拔的峰顶
不去追逐山涧的溪流

怀着一颗欢乐的心
不在孤零的海边忧愁

十二

纤云在月光的梭线上……

纤云在月光的梭线上
编织着银色的花边
袅袅升腾的思念
在芬芳的雾霭中，急切地旋转

天高云低的林边草地上
蟋蟀吞噬着寂静
月朗星稀的夜幕，复述着冷漠

呆立的树，风立枝头
凝神驻足，避免惊扰的罪过

十三

日子在岁月里留下年轮……

日子在岁月里留下年轮
你的节奏，我的节奏，相逢在风中

雨打湿心田，思绪
如春潮纷涌；雷灌满
我的灵魂，你将我淹没

小鸟悄然停落，我们的视线
集中于一点，声息以沉默相许
沿着宁静，立于枝头，它的羽毛
这色彩的天使在我们的注视里鲜艳

当飘雪纷纷落下，这神奇的白色精灵
从遥远的天际莅临，像是道别后的早安
忽然长出翅膀，相约，相约在天地间沉沦
假若幸福也像它一样
谁是因，谁是果；寒风抵御着冷漠

后记

Postscript

爱在爱中
甜蜜着伤痛

彼岸花
寂寞红

文爱艺

附诗

Attached Poem

附诗

爱情海

因为有岸
情涛的浩瀚才有了波澜

千年也是今日
今日也是千年

穿过缠绵的绝壁
在美女如云的香滩上流连

粒粒柔软席卷
如心

一杯太姥山上的乡酿
醉倒了遗憾

美女香车
醉迹点点

谁不是在遥望
谁摆脱过悲欢

海誓山盟
在梦的岸边汹涌

海上仙都
白茶香远

与其天上孤寂千年
不如海滩芬芳一晚

2018年6月15日

留别福鼎诸友

小注：　太姥海岸，有古村，欲建成婚庆蜜月之地，福鼎文联主席王祥康先生希望将《中国最美爱情诗集 · 文爱艺爱情诗集》刻石于此。

当晚牛郎岗董事长张燕弟先生于海滩设宴，福鼎文友林军先生等作陪，大醉，才山书院董事长卓乃亮先生竟通宵相陪；天明女企业家联谊会焦苓大姐描述醉态种种，皆忘，只记得牛郎岗总经理吴本福先生索要我的白衬衣，红蓝之笔留迹其上，去袖钉，当场赤胸奉赠，有所赠与，快哉！

临别，福鼎数日悲喜种种，不胜感慨，叙述其上，赠别诸友留念！

跋

Postscript

一

我愿是清泉， 盈溢喷洒， 化为诗的花瓣， 寄奉给你；让爱的琴音，治愈伤痛，滋润心田。

我愿我的文字，是夏日的清露，润解渴望的梦寐，是爱的琴音，驱逐心中的郁闷。

我愿我是黑暗中小小的烛光，照你在孤寂的心海里畅想；别让香魂消沉死海，请把它带到你应该去的地方。

我愿是一朵无名的小花儿，不与群芳争春斗艳，把荒野和山涧默默装点。

爱是人间最纯洁的和解，请把它带到你应该去的地方。

——选自《太阳花》（第9版）文爱艺

二

爱情是永远也吟咏不完的韵，它张扬在人生的道路上，成为人生不可缺少的精神滋养。不同的爱情，将塑造不同的人生；崇高的爱情成就崇高的人性，畸形的爱情扭曲人性。

理性与情感，不是天敌；理性是情感的升华，情感是理性的基础。

爱情既不是人生的全部，也绝非可有可无。

我们在人生的道路上，畅饮爱情的琼浆，如同沐浴阳光；我们吟叹爱情的神奇，如同感受生命的玄妙。

爱情的精神内核是无私，是对异性散发的天然之美由衷的倾慕。

我们陶醉其中，完成人之所以为人的全部，它既是动物性的，又是人性的；动物性是本能，人性亦是本能。

我们在爱中，奉献出我们的全部热情；我们在情里，尽享生命的无限乐趣。

我在爱情的体味中，采撷下这些随手可触的果子，是否已成熟，需您一一甄审，待重印时，再做修订，力求它在您的甄别中剔除那些对爱情无益的东西。

——选自《文爱艺爱情诗集》（第 18 版）文爱艺

诗人简介

About the Author

文
爱
艺

享誉中外的当代著名学者、
作家、诗人、翻译家，
中国作家协会会员。

生于湖北省襄阳市，
从小精读古典诗词，

十四岁开始发表作品。

著有《春祭》、《梦裙》（2版）、《夜夜秋雨》（2版）、《太阳花》（9版）、《寂寞花》（4版）、《雨中花》（2001—2002）、《病玫瑰》（2003—2004）、《温柔》、《独坐爱情之外》、《梦的岸边》、《流逝在花朵里的记忆》、《生命的花朵》、《长满翅膀的月亮》、《伴月星》《一帘梦》、《雪花的心情》、《来不及摇醒的美丽》、《成群结队的梦》《我的灵魂是火焰 · 文爱艺抒情诗选集》（1976—2000）、《像心一样敞开的花朵 · 文爱艺散文诗选集》（1976—2000）、《玫瑰花园》、《文爱艺诗歌精品赏析集》（全三卷）、《文爱艺抒情诗集（全三册）——追逐彩蝶 · 断桥边的红莲 · 白雪唤醒的纯洁》（典藏本赏析版）、《文爱艺抒情诗集》、《文爱艺散文诗集》、《文爱艺爱情诗集》（16版 · 插图本）、《文爱艺诗集》（16版 · 插图本）、《文爱艺诗集 · 第62部 · 夜歌》、《文爱艺诗集 · 第63部 · 彼岸花》、《文爱艺诗集 · 第64部 · 青春》、《文爱艺诗集 · 第65部 · 风》、《文爱艺诗集 · 第66部 · 凤凰》、《文爱艺诗集 · 第67部 · 风中之花》、《文爱艺诗集 · 第68部 · 柘荣》、《文爱艺诗集 · 第69部 · 光阴》、《文爱艺诗集 · 第70部 · 天地》、《文爱艺诗集 · 第71部 · 人间》、《文爱艺诗集 · 第72部 · 潋滟》、《文爱艺选集》（花城版首批4卷本）、《文爱艺选集》（敦煌版首批8卷本）、《文爱艺选集》（四川人民版首批12卷本）、《文爱艺全集》（诗1～4卷 · 数字版）等70多部诗集，深受读者喜爱，再版不断。

部分作品被译成英、法、俄、日、阿拉伯、世界语等文字。现主要致力于系列小说的创作。

译有《勃朗宁夫人十四行爱情诗集》（插图本）、《亚当夏娃日记》（10版 · 插图本）、《柔波集》（3版 · 插图本）、《恶之花》（15版 · 全译本 · 赏析版 · 插图本）、《风中之心》、《奢侈品之战》、《沉思录》（8版 · 插图本）、《箴言录》（8版 · 插图本）、《思想录》（插图本）、《古埃及亡灵书》（2版 · 灵魂之书 · 插图本）、《小王子》（7版 · 插图本）、《一个孩子的诗园》（9版·插图本）、《天真之歌》（插图本）、《经验之歌》（插图本）、《亚瑟王传奇》（2版·插图本）、《墓畔挽歌》（2版·插图本）、《老人与海》（6版·插图本）、《培根随笔全集》、《共产党宣言》等七十余部经典名著及其他著作。

编著有《离骚》、《天问》、《九歌》、《九章》、《九辩》、《屈原总集》、《兰亭集》（2版·插图本）、《绝句》、《花之魂》、《中国古代风俗百图》（2版·插图本）、《道德经》、《金刚经》（全集）、《心经》、《茶经》、《酒经》、《草书/元·鲜于枢书唐诗》、《行书/宋·米芾书天马赋》、《二十四诗品》（3版·插图本）、《孟浩然全集》、《陈子昂全集》、《中国时间》、《中国病人》、《静心录》、《净心录》《洗冤集录》、《芥子园画传》（彩色版·新编全集）、《浮生六记》、《经典书库》、《新诗金库》、《品质书库》、《品质诗库》等。

另出版有《当代寓言大观》（4卷）、《当代寓言名家名作》（9卷）、《当代寓言金库》（10卷）、《开启儿童智慧的100个当代寓言故事》等少儿读物。

所著、译、编图书，连获2015年（首届）、2016年及2018年“海峡两岸十大最美图书”奖，连获2011年、2012年、2013年及2015年、2016年、2017年、2018年、2020年、2021年、2022年，共16部中国“最美的书”奖；《文爱艺爱情诗集》（第9版）获2019年环球设计大奖视觉传达类金奖，《文爱艺爱情诗集》（第10版）获2017年中国台湾金点设计奖、2018年美国NY TDC 64 TDC Communication Design Winners大奖，《文爱艺爱情诗集》（第12版）获中国香港2018年HKDA环球设计大奖GDA银奖、同《鲛》再获2019年美国Benny Award大奖；《文爱艺诗集·第62部·夜歌》获美国Benny Award铜奖，且再获美国2018年ONE SHOW

DESIGN优异奖、2019年第65届美国 Certificate of Typographic Excellence 年度优异奖；《文爱艺诗集·第66部·凤凰》荣获 CGDA 2020 年视觉传达出版物 Promotional Design & Publication Silver Awardd 银奖；编注译的《屈原总集》获日本 onscreen 类最佳作品奖、再获 2022 年 DFA 亚洲最具影响力金奖；《浮生六记》再获美国 2022 年第 101 届纽约 ADC（Annual Awards of Art+Craft in Advertising and Design，简称 ADC）优点奖，2022 年亚洲最具影响力金奖，入围 2022 年度“世界最美图书”奖。

《文爱艺诗集》获“世界最美图书”奖。

共出版著述 200 多部。

Wen Aiyi is a distinguished scholar, translator, writer and poet in contemporary China, who enjoys fame both at home and abroad, and he is a member of the Chinese Writers' Association.He was born in Xiangyang , Hubei Province, China.Since his childhood he was a great reader of ancient Chinese poetry, and he began publishing his literary works at the age of 14.

He is the author of over 70 collections of poetry, including: *Spring Sacrifice*, *Dreamy Skirt* (2 editions), *Autumn Rain From Night to Night* (2 editions), *Sunny Flowers* (9 editions), *Lonely Flowers* (4 editions), Flowers in the Rain (2001-2002), *Sick Roses* (2003-2004), *Tenderness*, *Sitting Alone Beyond Love*, *By the Dreamy Bank*, *Memory Dying Away in Flowers*, *Flowers of Life*, *The Moon Full of Wings*, *Moon-side Stars*, *A Curtain of Dream*, *The Frame of Mind of Snowflakes*, *The Beauty Too Late to Awaken*, *Swarms of Dreams*, *My*

Soul Is Fiery Flames: *Selected Lyrical Poems of Wen Aiyi* (1976–2000), *Flowers Blossoming Like Heart: Selected Prose-Poems of Wen Aiy*i (1976–2000), *The Garden of Roses*, *Appreciation of Choice Poems of Wen Aiyi* (3 volumes), *Lyrical Poems of Wen Aiyi (3 volumes)*: *In Pursuit of Butterflies · Red Lotuses by the Broken Bridge · Purity Awakened by White Snow* (classical appreciative collection), *Lyrical Poetry Collection of Wen Aiyi*, *Prose-Poetry Collection of Wen Aiyi*, *Love Poetry Collection of Wen Aiyi* (16 illustrated editions), *Poetry Collection of Wen Aiyi* (16 illustrated editions), *Poetry Collection of Wen Aiyi·the 62nd Book · Night Song*, *Poetry Collection of Wen Aiyi · the 63rd Book·-Flowers of Opposite Bank*, *Poetry Collection of Wen Aiyi · the 64th Book · Youth*, *Poetry Collection of Wen Aiyi · the 65th Book ·Wind*, *Poetry Collection of Wen Aiyi · the 66th Book · Phoenix*, *Poetry Collection of Wen Aiyi ·the 67th Book· Flowers in the Wind*, *Poetry Collection of Wen Aiyi · the 68th Book · Zherong*, *Poetry Collection of Wen Aiyi · the 69th Book · Time*, *Poetry Collection of Wen Aiyi · the 70th Book · Heaven and Earth*, *Poetry Collection of Wen Aiyi · the 71st Book·The Mortal World*, *Poetry Collection of Wen Aiyi · the 72nd Book· Rippling Water*, *Selections of Wen Aiyi* (4 volumes by Huacheng Publishing House), *Selections of Wen Aiyi* (8 volumes by Dunhuang Publishing House), *Selections of Wen Aiyi* (12 volumes by Sichuan People's Publishing House), *The Complete Works of Wen Aiyi* (1~4 volumes of poetry· digital edition), etc.which are deeply loved in his readers with many other editions appeared.

Some of his works have been translated into English, French, Russian, Japanese, Arabian and Esperanto, etc.At Present, he is dedicated to the writing of a series of novels.

He is the translator of over 70 classic works such as *Madame Browning 14 Lines of Love Poetry Anthologies* (illustrated edition), *The Diaries of Adam and Eve* (10 illustrated editions), *The Rubaiyat of Omar Khayyam* (3 illustrated editions), *The Flower of Evil* (15 complete illustrated editions with appreciation), *The Heart of the Wind*, *Les Guerres Du Luxe*, *Meditations* (8 illustrated editions), *Poor Charlie's Almanack* (8 illustrated editions), *Les Pensees* (illustrated editions), *The Ancient Egyptian Book of the Dead* (2 illustrated editions), *The Little Prince* (7 illustrated editions), *A Child's Garden of Verses* (9 illustrated editions), *Songs of Innocence* (illustrated edition), *Songs of Experience* (illustrated edition), *The Romance of King Arthur* (2 illustrated editions), *Elegy Written in a Country Churchyard* (2 illustrated editions), *The Old Man and the Sea* (6 illustrated editions), *The Complete Essays of Francis Bacon*, and *Manifesto of the Communist Party*, etc.

He is the compiler of classic Chinese literary works such as *The Departing Sorrow*, *Heavenly Questions*, *Nine Songs*, *Nine Chapters*, *Nine Debates*, *The Sylloge of Qu Yuan*, *The Orchid Pavilion Collection* (2 illustrated editions), *Quatrains*, *The Soul of Flowers*, *One Hundred Pictures of Ancient Chinese Customs* (2 illustrated editions), *The Book of Tao Te Ching*, *The Vajracchedika-sutra*, *The Heart Sutra*, *The Book of Tea*, *The Book of Wine*, *Cursive Script Writing of Tang Poems by Xian Yushu of Yuan Dynasty*, *Running Script Writing of "Ode to Heavenly Horses" by Mi Fu of Song Dynasty*, *Twenty Four Modes of Poetry* (2 illustrated editions), *Complete Poems of Meng Haoran*, *Complete Poems of Chen Zi'ang*, *Chinese Time*, *Chinese Patients*, *Record of a Quiet Heart*, *Record of a Pure Heart*, *Ancient Legal Medical Cases*, *Biography-in-Photo of Jieziyuan* (colorful new complete edition), *Six Chapters of a Floating Life*, *Classic Library*, *Golden Treasury of New Poetry*, *Quality Library of Books*, and *Quality Library of Poetry*, etc.

In addition, he is the editor-in-chief of children's books, such as *Grand Collection of Contemporary Fables* (4 volumes), *Famous Contemporary Fables by Celebrities* (9 volumes), *Golden Treasury of Contemporary Fables* (10 volumes), *100 Contemporary Fables to Enlighten Children's Wisdom*, etc.

With the books written, translated and compiled by him, he has won the " Top 10 Most Beautiful Books Prize from Both Sides of the Straits " for three successive years of 2015 (the beginning year), 2016 and 2018; he won the prizes of "the Most Beautiful Books Prize of China" in 2011, 2012, 2013, 2015, 2016, 2017, 2018, 2020, 2021 and 2022; *Collection of Love Poems of Wen Aiyi* (9th edition) won the Golden Visual Prize in 2019 Global Design Competition, *Collection of Love Poems of Wen Aiyi* (10th edition) won Taiwan of china Golden Point Prize in 2017 and American NY TDC 64 TDC Communication Design Winners Prize in 2018, *Collection of Love Poems of Wen Aiyi* (12th edition) won Hong Kong of China GDA Silver Prize of HKDA Global Design Prizes in 2018, and together with *Mermaid* won American Benny Award in 2019; *Poetry Collection of Wen Aiyi · the 62nd Book · Night Song* won copper prize, and again won American One Show Design Excellent Prize in 2018, and Excellent Prize of the 65th American Certificate of Typographic Excellence in 2019; *Poetry Collection of Wen Aiyi · the 66th Book · Phoenix* won Promotional Design &Publication Silver Award of CGDA in 2020; *The Sylloge of Qu Yuan*, compiled, annotated, and modernized by him won Japanese Onscreen the Best Book Prize, The most influential Gold Award in Asia in 2022; *Six Chapters of a Floating Life* won the 101st American New York ADC Excellence Prize (Annual Awards of Art+Craft in Advertising and Design) in 2022, The most influential Gold Award in Asia in 2022, and it is shortlisted for the annual

"Prize for the Most Beautiful Books" in 2022.

The Poetry Collection of Wen Aiyi won the "Prize for the Most Beautiful Books in the World".

Up to now, Wen Aiyi has totally published over 200 books.

朗读者简介

About the Reciter

黄薇

意大利禅意·中意文化交流协会
秘书长

中华文化促进会传统文化委员会
副秘书长

中华诵读联合会会员　多个平台主播
省级广播电视总台综艺节目
资深导演、导播

现旅居意大利

海南影视家协会会员

海南国际时尚周联合发起策划人
海南穿越时空文化艺术有限公司策展人

电影《穿旗袍的女人》艺术指导

美国 ACIC 国际注册高级礼仪师（CISET）

健康朗读海外推广形象大使
世界旗袍文化传播大使

文爱艺爱情诗集

Wen Aiyi's Collection of Love Poems

朗诵版，聆听，请在“喜马拉雅听书版”上免费收听

朗读者：黄薇

图书在版编目（CIP）数据

文爱艺爱情诗集 / 文爱艺著. -- 北京 : 中国华侨出版社, 2023.8
ISBN 978-7-5113-9044-8

Ⅰ. ①文… Ⅱ. ①文… Ⅲ. ①爱情诗－诗集－中国－当代 Ⅳ. ①I227.2

中国国家版本馆CIP数据核字（2023）第 114650 号

文爱艺爱情诗集

著　　者：文爱艺
出 版 人：杨伯勋
责任编辑：肖贵平
策　　划：爱艺书院 · 美书坊 · 李慧

书籍设计：伍子杰
设计总监：王慕蓝
出版发行：中国华侨出版社
经　　销：新华书店
开　　本：710mm × 1000 mm　1/16 开　印张：11　字数：22 千字
印　　刷：北京天工印刷有限公司
版　　次：2023 年 8 月第 1 版
印　　次：2023 年 8 月第 1 次印刷
书　　号：ISBN 978-7-5113-9044-8
定　　价：52.0 元

中国华侨出版社　北京市朝阳区西坝河东里77号楼底商5号　邮编：100028
发行部：（010）64443051　传　真：（010）64439708
网　址：www.oveaschin.com　E-mail：oveaschin@sina.com

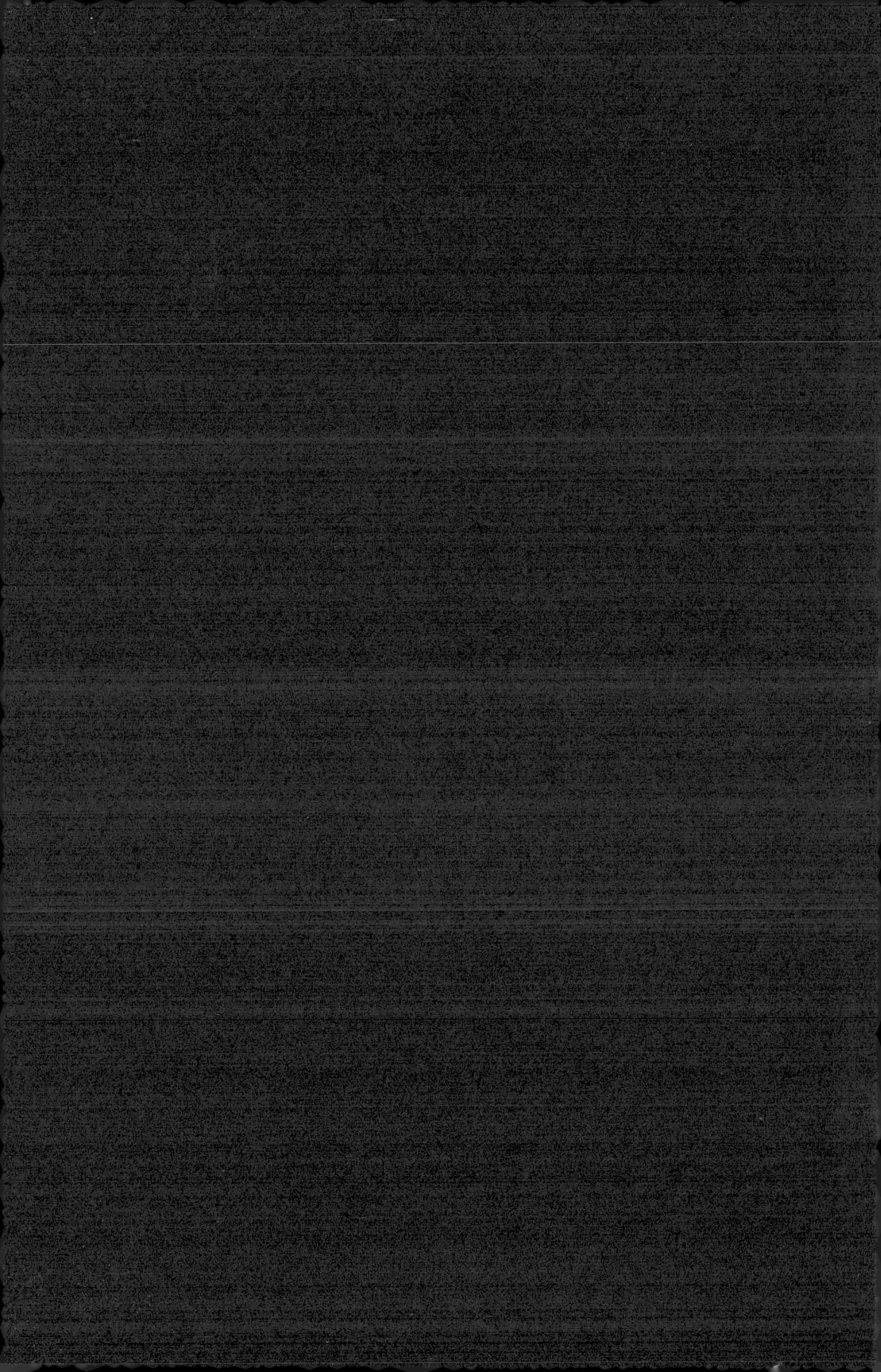